Wolkenmeer

Blätterwald

Unendlichkeit

Zwischenraum

Strandsand

Möwenstolz

Bernsteinfarben

Schachstrategie

Strandhafer

Herzmuscheln

Sonnenuntergang

Fotografien und Layout:
Annette Krüger und Andrea Schröder
Titelgestaltung: Saskia Lackner - www.saskia-illustration.de

EDITION GLÜCKSMOMENT

Verlag Andrea Schröder,
Inhaber Jens Koch